Barbidou

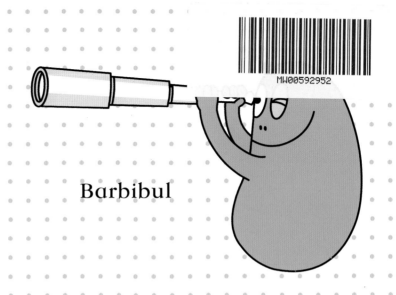

Barbibul

Barbouille

Barbalala

Les Livres du Dragon d'Or
60 rue Mazarine 75006 Paris.
Nouvelle édition 2012.
Copyright © 1995 Tison/Taylor, Copyright © 2004 A. Tison, all rights reserved.
Loi n° 49-956 du 16 juillet 1949 sur les publications destinées à la jeunesse.
ISBN 978-2-82120-134-7. Dépôt légal : août 2012.
Imprimé en Italie.

LES VACANCES DE BARBAPAPA

Annette Tison et Talus Taylor

Il fait froid.
Il pleut.
Les Barbapapas
trouvent l'hiver long.

– Partons en vacances dans
un endroit où il fait beau !
propose Barbapapa.

Une île déserte sous les tropiques, voilà l'endroit idéal pour se changer les idées!

On peut plonger dans la mer chaude
ou se balancer agréablement sur l'eau…

Quand on a faim, il suffit
de ramasser toutes sortes
de fruits magnifiques…

Les Barbapapas s'amusent et dansent jusqu'au coucher du soleil.

Ils dorment à la belle étoile, car les nuits sont douces.

Hélas, un beau matin,
Barbalala trouve
un poil dans son thé…
Elle accuse Barbouille.
Vexé, Barbouille traite
sa sœur de légume vert.

Finis le calme et la bonne entente !
Les Barbabébés se traitent de tous les noms.

Ils sont si fâchés qu'ils ne veulent plus manger ensemble.

Pas question non plus de jouer ensemble.
Ils boudent chacun dans son coin.

Ils se construisent chacun une cabane,
car ils ne veulent surtout pas dormir ensemble…

Chacun peint sa cabane avec sa propre
couleur, parce que c'est la plus belle :
toutes les autres sont horribles…

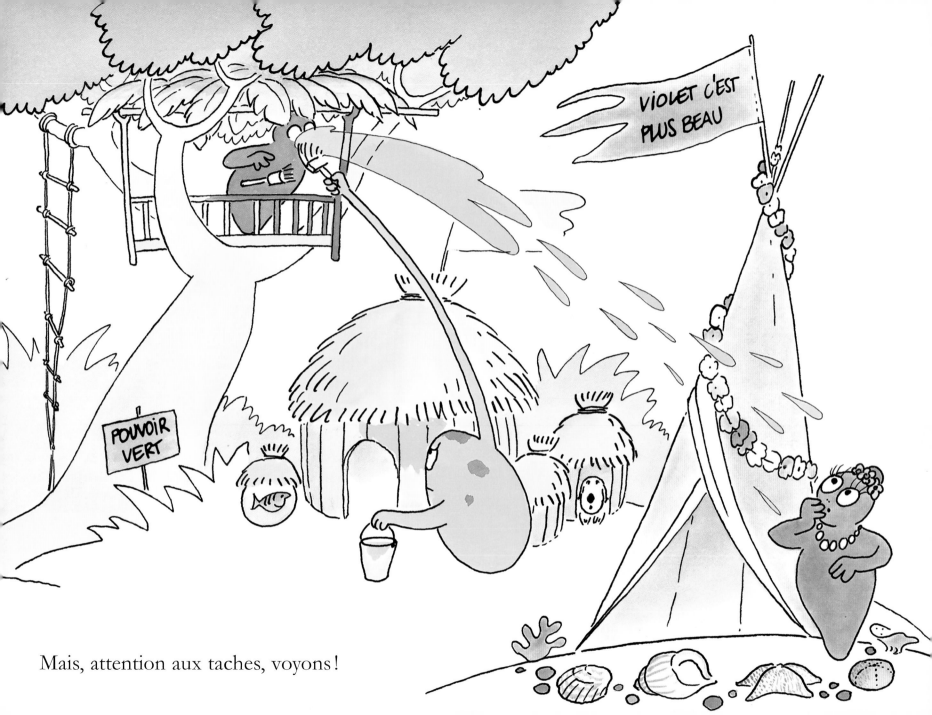

Mais, attention aux taches, voyons !

De mal en pis !
Les voilà qui se battent pour de bon à coups de pinceaux…

Maintenant, les couleurs sont toutes mélangées.
Les Barbabébés comprennent qu'ils sont tous pareils et qu'ils ont été bêtes.

Ils promettent de ne plus recommencer.

On est si bien tous ensemble!

Ils construisent une grande cabane
pour toute la famille.
– L'hiver prochain, nous reviendrons
dans notre île, promet Barbapapa.

Barbapapa Barbamama

Barbidur

Barbotine

Barbabelle